너의 눈물 마른자리
꽃이 필거야

서문

독백 속에 독백

중얼거리는 시간이 많아졌습니다. 내 언어에 대한 주변의 관심이 줄어들자 중얼거림으로 보상받으려 하게 됩니다. 중년 자폐증을 조악한 말의 나열로 치유 받고 싶어졌습니다. 지나온 삶의 조각들이 공중으로 산산이 흩어졌습니다. 어깨 위로 고스란히 내려 짓누르는 멍에가 되었습니다. 다시 짊어지고 터벅 걸음으로 걸어가기엔 너무 무겁고 지쳤습니다. 풀썩 주저앉고 싶은 시간들을 견뎌야 했습니다. 그 멍에조차 없다면 한낱 먼지, 새털처럼 정처 없이 날려가다 어느 응달진 계곡에 떨어져 썩지도 못하고 말 것 같았습니다. 몇 마디는 해야 목에 걸린 가시 같은 삶의 고통들로부터 풀려날 수 있을 것 같았습니다. 어찌 다섯 마디로 해결될 일이겠습니까? 그래도 첫마디엔 삶을 지탱해줬던 생각들이 떠올랐습니다. 살아내려는 몸부림 속에 간간한 생의 이치들이 있었습니다. 때로는 절대자 신에게 합장하여 비는 모습이 되었습니다. 훌쩍 흘러가버린 세월 앞에 빚쟁이처럼 안방을 차지하고 있을 수 없었기에 모퉁이로 밀려나 앉았습니다. 혼자 앉아있는 시간은 또 다른 나인 이방인과 마주하는 시간이었습니다. 숙성의 시간이었습니다. 곰삭은 고독이 가슴으로 밀려드는 시간은 돌이켜보니 세련된 낭만이었습니다. 중년사내의 외로움은 차라리 유행 지난 옷을 다시 꺼내 입은 듯 어색하면서도 낯설진 않았습니다. 그러나 광기어린 세상을 향한 목소리는 여전히 기어들어갔습니다. 무기력한 침묵이 부끄러웠습니다. 침을 뱉기보다는 허공을 향한 목소리 일망정 목에 낀 가시를 내뱉는 것이 낫다는 생각은 했습니다. 소극적 저항밖에 되지 않았습니다. 말라비틀어진 줄 알았던 사랑의 감정은 화석처럼 굳어져가는 심장에 떨림의 진동자로 움직이고 있었습니다. 아직도 멈추지 않은 사실에 남이 알아볼

서문

까 부끄러웠지만 그런대로 은근함이 좋았습니다. 선생님 뒤에 숨은 전학 온 아이처럼 부끄러움으로 20대의 감성들을 살짝 훔쳐봤습니다. 시골 머슴 얼굴 같은 투박한 글이 부끄러워 그림으로 분칠을 했습니다. 이 허접한 글과 그림으로 중년의 깔딱 고개를 넘어갑니다. 뒤늦은 글쓰기와 그림그리기에 눈과 고개를 돌리게 해준 '낯섦'의 이현숙 작가님께 감사의 말을 전하고 싶습니다. 특히 다섯째 마디의 사랑의 감정은 '낯섦'에서 많은 부분을 얻었습니다. 언제나처럼 읽어주고 감탄해주는 딸, 사위, 아들에게 사랑한다는 말을 하고 싶습니다. 이 역시 부끄러워 혼자 중얼거리게 됩니다. 코로나 바이러스의 광기가 지구촌을 몰아쳐도 한 줄의 글과 한 점의 그림으로 버텨봅니다.

2021. 늦가을에 용인골에서

목차

첫째 마디

삶을 지탱해 준 생각, 생각들

상상의 새 16
커피 17
완행 18
훈수 20
인생 2막 22
사람이니까 23
주식 24
배려 25
휴식 26
왕도 28
깡생 30
미친 도전 31
타박 32
골프장에서 I 34
그래 35
비 36
진짜 부자 38
무한도전 39
자폐증 40
머시 중한디 41
청색(廳色) 42
골프장에서 II 43
너그러워지기 44
행복한 사람 45
느림 46
창(窓) I 47
비바람 48
행복총량제 49
우산 50
꽃질 51
꿈꾸기 52
골목길 54
문 앞에서 56
창(窓) II 57
교만 58
순응 59
삶 60
별에 대한 오해와 이해 61
문턱에서 62
내 마음의 백신 63

왕년 64
얼룩진 말 65
바벨탑 66
해바라기 푸념 67
하늘에 올라가지 못한 별 68
연(鳶) 69
이사 가는 날 70
아들에게 Ⅰ 72
아들에게 Ⅱ 73
아들에게 Ⅲ 74
아들에게 Ⅳ 75
아들에게 Ⅴ 76

둘째 마디

말없이 흐르는 고독의 강

등대 Ⅰ 80
거리에 서서 82
등대 Ⅱ 83
중력 84
영혼 치유법 85
고독 86
독거 탈출 87
슬픔 88
무명가수 89
등대 Ⅲ 90
기도 91
고래 92
갈대 · 바람 · 그리고 사람 94
덫 96
기억 지우기 97
고흐가 잠 못 이루던 밤 98
별의 침묵 100
그대로 그 느낌대로 살고 싶다 102
돌탑 104
침묵의 강 106
시시하지 않은 삶 107

목차

고조(孤鳥) 108
인생 지갑 109
하늘 보다가 110
허기 I 111
바람이 머물면 강물은 어이하라고 112
강가에 서서 114
회심(回心) 116
허기 Ⅱ 117
춤추는 영혼 118
소명 119
인생 120
너의 눈물 마른자리 꽃이 필거야 122
퇴근 길 124
연결고리 125

셋째 마디

세월아, 좀 천천히 가주렴

여인의 길 126
중년남자 I 130
사추기 132
백 가지 계획 134
중년의 눈물 136
인생 그림 그리기 138
나이 감별법 140
낭만백수 141
퇴장 142
중년남자 Ⅱ 143
허심(虛心) 144
깨지마라! 제발 145
중년부부 사랑 방정식 146
뒷모습 147
자존 중년 148
화음 149
십일월 예찬 150
달과 별에 취해 살리라 152
눈 내리는 날 153
눈사랑 이야기 154

그래도 세상은 돌아가더라

신념실종 158
두 바퀴 160
광기 162
명품가방 163
노인 164
종의 종말 166
1회용 종이컵 168
날지 않는 새 170
헌신 172
아침 달 173
붕어빵 174
백신 맞는 날 176

목차

다섯째 마디

지금도 하고 싶은 사랑, 사랑, 사랑

가슴앓이 180
사랑의 이유 181
연심 182
미소 183
사랑의 눈 184
사랑의 비용 185
길 찾기 186
사랑 우울증 187
감상법 I 188
영원한 사랑 189
솜사탕 사랑 190
감상법 Ⅱ 192
시간이 얼마 남지 않았네 194
영화 196
충동구매 198
사랑의 신 200
마지막 풍경 201
사랑의 선물 202
신포도 203
산책 204
시작 205
한 번의 사랑 206
고백 207
창(窓) Ⅲ 208
사랑의 언어 209
별이 하나 떨어졌어 210
설레임 211
기다림 212
내가 하고 싶은 말 213
부족한 사랑 214
황홀한 시간 215
늪 216
사랑의 무게 217
그림자 218
당신의 얼굴 219
사랑의 플롯 220

허기 Ⅲ 221
현재 진행형 222
사랑의 종소리 223
담쟁이 224
옆과 곁 225
증명사진 226
체온 227
미완성 228
감상법 Ⅲ 230
유치한 사랑 232
사랑의 미로 234
샘물과 눈물 235
연극 236
별 237
황혼에서 새벽까지 238
고장난 시간 240
여정 242
노을 243
무지개 244
질투 246
너를 기다리는 나 248
확답 250
창(窓) Ⅳ 251
사랑보관법 252

첫째 마디

삶을 지탱해 준 생각, 생각들

상상의 새

걱정아!

내 걱정하지 말고

훨훨 날아가렴

커피

쓴 맛이 더 기억나지?

선택은 너가 해

그 안에 따스한 온기도 있었거든

완행

앞만 보고 빨리 달렸더니
그 좋은 풍경 못 보고 왔었네

간이역 멈추면서 천천히 달려 보니
못 본 것들이 제법 눈에 들어오네

좀 늦어도 괜찮은 줄 알았으면
이제라도 알았으니 다행이지만

훈수

하수는 잘 모르면서
가르치려는 사람이요

중수는 잘 안다고
가르치려는 사람이요

상수는 잘 알면서도
조용히 듣고 있는 사람이요

최고수는 고개를 끄덕이며
씨익 웃어주는 사람이다

2021.08.04

인생 2막

1막은

긴장되고 힘이 들어가서

실수가 많았지

2막은

긴장 풀고 힘 빼고

실수를 줄여야겠어

마지막 커튼이

내려온 뒤 박수를 받으려면

사람이니까

목표설정

치밀한 사전계획

과감한 실행

그래도 '삑사리' 나면?

그럴 수 있어

사람이니까!

주식

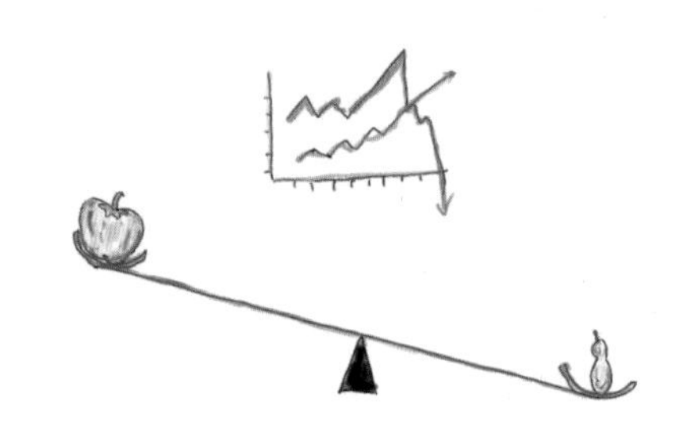

넣으면 백만원 된다고요?

만원 먼저 거세요!

'쉽게 될 것 같긴한데...'

'그럼 나는 깡통 되는데...'

만원이라도 건지자

"안하겠습니다!"

'그래 바로 그거야 !'

배려

나에겐 하찮은 순간,

누구에겐 소중한 순간,

그 순간을 위해 잠깐 멈춤

휴식

지치면 지고 미쳐야 이긴다고?
미치면 병원 가겠지

인간을 왜 휴(休)먼이라 하겠어
지치면 쉬어야 되기 때문이지

아담이 이브랑 나무 그늘에서 푹 쉬었으면
다 익은 사과를 먹었을거야

설익은 사과를 급히 따먹다보니
배탈이 나서 지금까지 아픈 게 아닐까?

왕도

보통사람들에겐
삶의 왕도란 없지

그저 열심히
노력해서 살 수밖에

엄마찬스, 아빠찬스
이게 먼 얘기냐

먼 나라 이웃나라
이야기였으면 좋으련만

보통사람
힘 쭈우욱 빠지는구나

깡생

돈 많냐?
실력 있냐?
잘 생겼냐?

없다!
대신 깡 있다!
새우는 죽어서도 깡으로 산다
살아있는 내가 멀 못하겠나?

'다 있구만!'

미친 도전

그럴 때 있었지
'너 미쳤어'라는 소리 듣고도
무모하게 막 내지르던 일

한 번쯤 그러고 싶을 때 있잖아

평온한 들판에 한 번씩
폭풍이 몰아치더라고
그리고 찾아오는 고요가 더 아늑해

타박

"그렇게 쉬운 걸..."

내가 쉽다고
모두 다 쉬울 것이라고
착각하지 말라

"그것도 못하냐!"

내가 한다고
모두 다 할 것이라고
착각하지 말라

신은 인간을
똑같이 만들지 않았다

골프장에서 I

사는 것도 골프처럼

연습장이 있으면 좋으련만

바로 실전이니

포기할 수도 없고

전반 라운드 끝나면

복기라도 잘해서

같은 실수를 하지 않아야

잘 살아낼 수 있을 것 같다

그래

'그래'
너의 말 이해해
참 따뜻해

'그래?'
새로운 걸 깨달았어
참 고마워

'그래!'
너무 감탄스러워
참 놀라워

그래서 널 곁에 오래 두고 싶다

비

가랑비에 옷 젖었다 푸념하지마세요
물방울도 쌓이면 강물이 됩니다

소낙비에 옷 젖었다 실망하지마세요
한나절 땡볕이면 다 마를 수 있답니다

추적이는 가을비를 서러워마세요
추억만 챙겨도 남는 장사랍니다

겨울에 왠 비냐고 타박하지마세요
겨울 빗방울은 계절의 애교쟁이랍니다

빗방울 무게에 일희일비마세요
삶의 무게도 매한가지랍니다

진짜 부자

가난해서 슬프다고?

따스한 아침 햇살
불어오는 상큼한 바람
몽실거리는 뭉게구름
들판에 핀 향긋한 꽃과 나무
밤하늘의 포근한 별과 달

네 것이라고 생각해본 적 없지?
마음이 가난한 사람들의 것이야

가짜 부자들은 가질 수 없어
눈에 잘 띄지 않는 거지

진짜 부자가 될 수 있는데
왜 가난하다고 슬퍼해

무한도전

무모하단 말에
주눅 들지 말라

도전은 황당해야
맛이 더 깊어진다

안주하는 인간은
술안주만 축내는
밉상 인간이다

삶의 찐한 미각을
제대로 음미하려거든
생이 마감할 때까지
도전하고 또 도전하라

자폐증

세상 일이 너무 쉬운 건
다 이유가 있을 거라고
지나치게 고민하지 말라
늘 음모가 있을 거라고
너를 유폐시키는 건
네 안의 지친 방어막이다

1 + 1 = ?

머시 중한디

내가 가진 것을 나보다
더 소중이 여겼더니

내가 가진 것들이
나와 무한 경쟁을 하네

나는 경쟁자를 위해
희생을 감수했었고

나는 경쟁자를 위해
나를 속이기까지 했는데

나를 이긴 경쟁자는
나를 떠나고 마는구나

머시 중하냐 따져보니
나를 내가 가진 것보다
더 소중히 여기는 거였어

청색(聽色)

같은 소리를 듣고도

다르게 들릴 때가 있는 것은

내 안의 기울어진 저울 때문이다

사유하고 또 사유하라

내 안의 저울이 균형을 이룰 때까지

골프장에서 Ⅱ

다 좋은 친구라고 생각했었지
네 명이 늘 같이 골프친거야

AI시대 기계 한 대 장만했어
사람심리를 읽는 카메라같은 거야

퍼트할 때 기계를 작동시켜봤지
웃겼어 참 친한 친구들이었는데

들어가길 간절히 바라는 놈
안 들어가길 기도하는 놈
들어가거나 말거나 하는 놈

다 딴 마음으로 나오는 거야
왜 그랬겠어 돈이 문제였어

돈 앞엔 흔들리는 걸 알았지
친구는 돈과 연결시키면 안되는 거지

너 그러워지기

틀린 게 아니고
다르다는 것을 알게 되면
마음의 빗장이 열리고

미움이 아니고
관심이라는 걸 알게 되면
사랑의 꽃망울이 움튼다

행복한 사람

삶의 열정이 식어 가면
아침에 뜨는 태양을 삼키자

영혼이 메말라지면
서쪽 하늘 젖은 달을 품어보자

사랑의 향기가 그리울 땐
깊은 밤 별빛 따라 걸어보자

해와 달과 별을 안을 수 있는 그대
지구에서 가장 행복한 사람이다

느림

노을이 아름다운 건

느린 걸음 때문일 수 있어

좀 천천히 걸어볼까

창(窓) I

왜 자꾸 흐리다 하지 화창한데

아! 네 집 창문 청소를 안했구나

마음의 창도 자주 닦아 주렴

비바람

비가 그쳐도
우산은 챙겨둬야겠지
또 내릴지 모르잖아

바람이 멈춰도
창문을 다 열지는 마
다시 더 센 바람이 불지 몰라

살아내는 것도 그래

행복총량제

나쁘다고
다 나쁜 게 아니고

좋다고
다 좋은 게 아니다

"밤새웠는데 한 마리도 못잡았어요"

"아들아!
물고기들의 자축 소리가 들리지 않느냐?"

우산

맑은 날은
들뜬 기쁨에 설레는데
넌 외래 더 우울할 것 같아

걱정마
비오는 날엔
무겁고 슬프기보단
너를 뽐낼 수 있잖아

밝을 때보다
어두울 때
흐리고 비오는 날
더 빛나게 되니까

꽃질

꽃이 활짝 피면

잎도,

가지도,

가로등 불빛도

다 잊게 되지

혼자 핀 게 아닐텐데

꿈꾸기

드라마, 영화 한 편 찍으려면
돈 들어가는 일이지 않은가요?
밤마다 꾸는 꿈 돈 들일 일없지요

각본, 감독, 주연 내가 정하고
흥행에 실패하면 잠에서 깨면 되지요
돈 안들고 얼마나 좋은가요

어젯밤 못다한 꿈 오늘 또 다시
열심히 꿈꾸고 또 꿔 봐요
어쩌면 현실이 될지 모르잖아요

공짠데 꿈도 안꾸고 자는 건
손해보는 인생 아닐까요?
죽는 날까지 꿈같은 꿈 한번 꿔 봐요

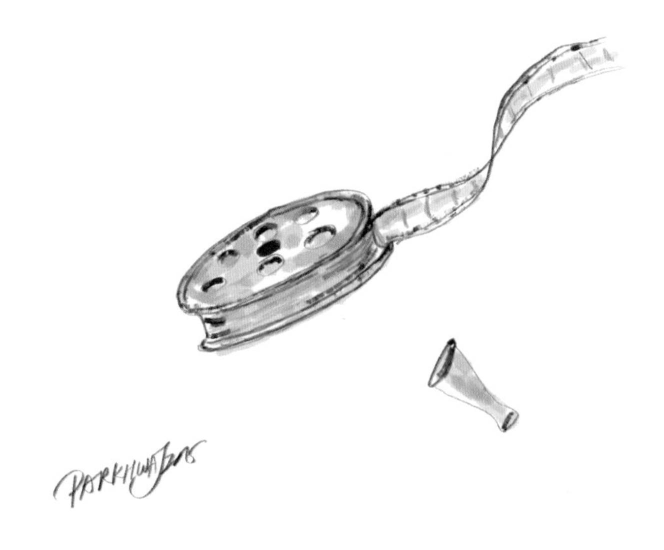

골목길

그 길엔 묘한 매력이 있지
자꾸 깊이 들어가게 되지
몸에 칭칭 끈을 두르고
들어가야 되는데
탯줄 끊은 지 오래잖아
그냥 눈에 보이는 대로 가게 되지
이 길인가 저 길인가
갸우뚱 해질 땐
막다른 골목이지
들어간 게 아깝지
글쎄 고민하지 말고
되돌아가는 게 좋을지 몰라
늦은 게 아니거든
우물쭈물하다 밤을 맞이하면
더 큰 낭패가 될 수 있거든

EXIT

문 앞에서

세상 밖으로 나가고 싶나요?

문고리만 잡고 있으면
언제 세상 구경하겠습니까?

자! 저 문을 먼저 열어 젖히세요

문밖에서 함께 가기 위해
기다리는 사람들도 많답니다

힘껏 열어 젖히세요

오래된 문일수록 잘 안 열릴 수 있어요
그럼 문을 박차고 나갈 수 있으니
실망하거나 좌절하지 마세요

창(窓) Ⅱ

마음의 窓

여럿이 있지

어느 것을 열까?

오롯이 네 몫이야

교만

만물의 영장이라고?

저기 작은 새처럼 날아갈 수 있어?

순응

나침반을 잃은 채

풍랑을 맞았다고

다 침몰하는 건 아니라네

바람이 부는대로

물결이 치는대로

흔들리면서

떠내려 가다보면

항구에 닿기도 한다네

인생항로도 그런 것이라네

삶

굶어봐야 밥 귀한 줄 알고
넘어져봐야 무릎팍 아픈 줄 아나니

비난받아봐야 칭찬 좋은 줄 알고
실패해봐야 성공의 단맛을 아나니

외로워봐야 사람 그리운 줄 알고
울어봐야 웃을 줄 아나니

사노라면 힘들어도,
살아봐야 삶도 알 수 있으리

별에 대한 오해와 이해

별이 흐린 것이 별 탓인가

고개 들고

그 별 그대로 안은 채

한 걸음 한 걸음

새벽으로 걸어가라

문턱에서

낯다고 무시말라
쉬이 넘다 부딪히면
감당하기 힘든 전율을 일으킨다

그럴 턱이 있겠는가?
그런 문턱은 반드시 있다!

높다고 두려워말라
두려워지면 질수록
마음의 높이는 더 높아간다

그럴 턱이 있겠는가?
그런 문턱은 네 안에 있다!

내 마음의 백신

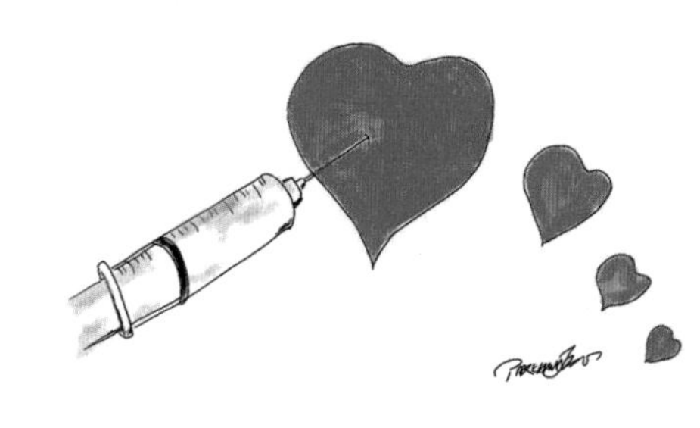

슬픔 바이러스가 들어오면
눈물만 먹고 떠나보내도록
웃음백신을 맞으면 된다

이별 바이러스가 들어오면
안녕하고 미련없이 보내고
추억백신으로 견디면 된다

고난 바이러스가 들어오면
이 또한 지나가리라
초긍정 백신은 맞으면 된다

사랑 바이러스가 찾아오면
뜨거워진 가슴 오래 간직토록
열정 백신을 맞을 것이다

세상 어떤 바이러스도 두렵지 않다
내 마음의 백신이 준비되어 있으니
흐르는 강물처럼 그렇게 살면 된다

왕년

왕년은 갔어
금년은 힘들고
올년은 불투명하지
물컵으로도 못쓸
고철덩이 우승컵 들고
폼 잡지 말자
팔뚝만 아프다
얼렁 내려놓자

얼룩진 말

너 말이야?

내가 멀?

알 낳았지?

나 말이잖아!

살면서 안 해도 될 말 하지마

얼룩말은 멋있지만

얼룩진 말은 입을 더럽히게 돼

바벨탑

촛불은 바람 앞에 흔들리는데

곧 쓰러질 촛불 옆에서

떨어진 낙엽으로 탑을 쌓았다

그 위로 썩은 사과 한 개 떨어졌다

나는 오늘도 무너져 내릴

욕망의 바벨탑을 쌓고 있다

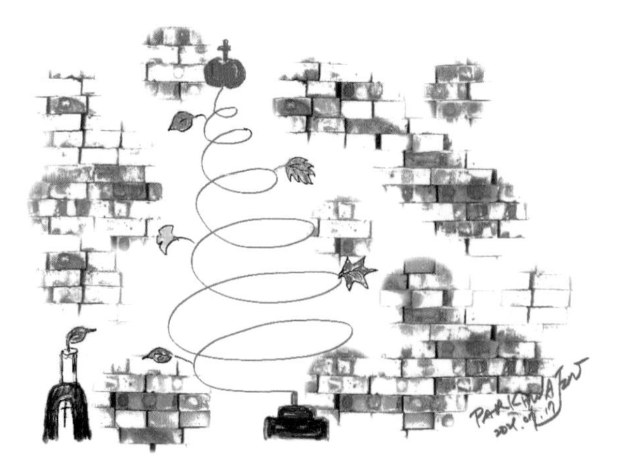

해바라기 푸념

해만 바라보는 일이

지칠 때도 있더라

하늘에 올라가지 못한 별

붉은 서러움 조각 조각

묽은 하늘 중턱에 머물다

옅은 까치 발자국만 남겨둔 채

하늘로 올라가지 못한 별들이

아린 내 가슴 속으로 스며든다

오늘 밤도 시든 아픔에 뒤척인다

• 연(鳶)

날아가고 싶다

놓치면 안 된다

꼬리치는 불만

끊어질까 불안

그래도 좋다

타협의 그 지점

이사가는 날

나는 또 떠난다
덕지덕지 달라붙은
삶의 찌꺼기를 털어내려고

다시 머물 곳 그곳에서도
또 다른 생의 편린들이
쌓여갈 것이다

다 떨쳐지는 그날에
소풍가듯 즐겁게
영원히 떠나갈 것이다

해지는 가을날
강물위로 둥둥 떠내려가는
구멍 난 낙엽 한 조각처럼

100가 24

아들에게 I

아들아

물고기 잡는 법을 가르쳐줬으니

물고기 나눠먹는 법도 알았으면 좋겠구나

• 아들에게 Ⅱ

아들아

태양은 뜨기도 하지만

때가 되면 지기도 한단다

아들에게 Ⅲ

아들아

목적지에 도착하기 전에

거친 풍랑을 만나기도 한단다

아들에게 Ⅳ

아들아

기다림은

인내와 준비의 시간이다

아들에게 V

아들아

지금은 채우기가 힘들지만

언젠가는 비우기가 힘들 때가 오더라

1.000$
PARKMWAJET

둘째 마디

말없이 흐르는 고독의 강

등대 I

혼자서 힘들겠다고?

하늘
별
구름
바람
바다
파도
어김없이 뜨는 해

내게 힘을 주고 있는 것들이
내 주변에 늘 있지

너도 힘들 땐 네 주변을 살펴보렴

거리에 서서

사람의 흔적이 거리를 메운다
거리에 찍힌 발걸음 하나하나가
타인의 이정표가 되고 지워지고 있다

바람의 흔적이 거리를 메운다
거리에 그려진 사람의 그림자를 지우고 있다
나의 흔적과 나의 그림자도 사라져간다

등대 Ⅱ

외롭지?

아니

힘들지?

아니

이상하네?

해야 할 일이 있거든

중력

둥둥 떠다닐
달에 가기 전까지는
삶의 무게를 견딜 수 밖에

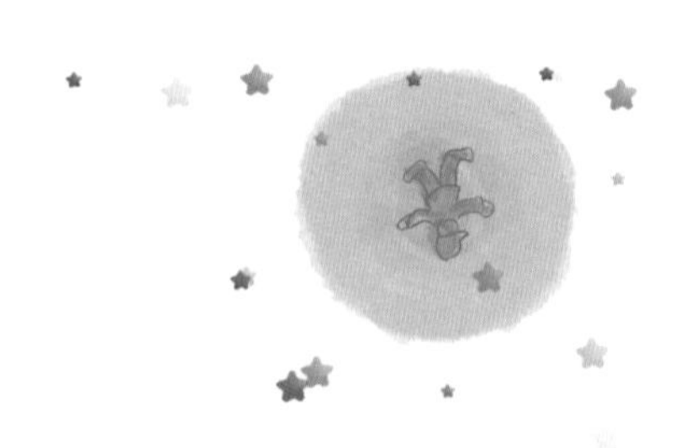

영혼 치유법

젖은 영혼을 말리고 싶은가?
내 안에 갇혀있는 쓴 눈물을 쏟아내라

흔들리는 영혼을 붙잡고 싶은가?
내 안에 잠자는 굳은 신념에 호소하라

목 타는 영혼의 갈증을 적시고 싶은가?
내 안에 일렁이는 애정의 강물에 몸을 던져라

영혼 치유법 내 안에 다 있다

고독

내 안을 지탱하던 실핏줄
하나 둘씩 말라 붙어가고

삶의 정염 산산이 부서져
온몸 감싼 핏기마저 사라져 간다

검게 멍든 심장 헐떡이다가
풀썩 주저앉은 그 자리에

누구냐 물어도 대답없이
슬며시 파고드는 이방인

독거 탈출

아득히 깊은 골짜기에 살지라도
바람을 막아주는 나무가 있고
마음이 맑아지는 개울물이 있다면
외딴 집에 사는 것이 아니요

마천루 빌딩 숲 속에 살지라도
사람의 향기를 외면하고
사랑의 설레임을 못 느낀다면
무인도에 사는 것이라

사람아, 사람아
내가 너를 부르고
네가 나를 부를 때
군중속의 고독이 떠나가도록
소리 높여 반가이 대답하자

슬픔

마음 속 허깨비

세월 앞에

살살 도망가는 비겁한 놈

무명가수

봄바람에 흩날리는 꽃가루
어디로 날아갈지

양철지붕 두드리는 소낙비
얼마나 아파할지

빛바랜 낙엽
힘에 겨워 떨어졌는지

뒤척이던 지난밤
까만 하늘 하얗게 첫눈이 내리더니

아침 햇살 가득 품고
천상의 이야기가 대지를 덮었다

삶이란 때로는 아프고 때로는 힘들어도
언젠가는 어디에서 아름답게 아름답게
내 노래가 불리기를 기다리는 무명가수다

등대 Ⅲ

두렵지 않아!

그 자리에 있을 거니까!

외롭지 않아!

꼭 돌아올거니까!

두 연인이

입영전야에

등대 앞에서

두 손을 꼭 잡았다

기도

무엇을 더 채우려

제 살 태우며 퍼득이는가?

살갗에 닿고서야 깨달은 세상사

먼지같은 시간을 밟아오고도

눈 먼 장님처럼 더듬거리다니

아! 이젠,

한 발치만 떨어져 있으라

그리고 움켜쥔 손 풀어

엎드려 기도하라

고래

고래가 보고 싶다

아내에게 같이 가자고 했다

아직도 고래타령이란다

알래스카까지 가기 전에

고래를 보러가야겠다

반백년을 살고도

고래는 여전히 미련처럼 숨 쉰다

갈대 · 바람 · 그리고 사람

짙은 향기도 없다

현란한 채색의 눈부심도 없다

양지바른 산자락에 뿌리 내리지도 못한 채

여린 소녀같은 대롱줄기

이리저리 흔들려도

바람을 원망하지 않는 너

갈대여!

흔들린다고 흔들린다고 욕하지 않으리

덫

덫에 걸린 투명물체

욕망 덩어리

꿈틀거리다가

목줄이 죄어오고

숨통이 멈출 때

수많은 덫이 보이다니

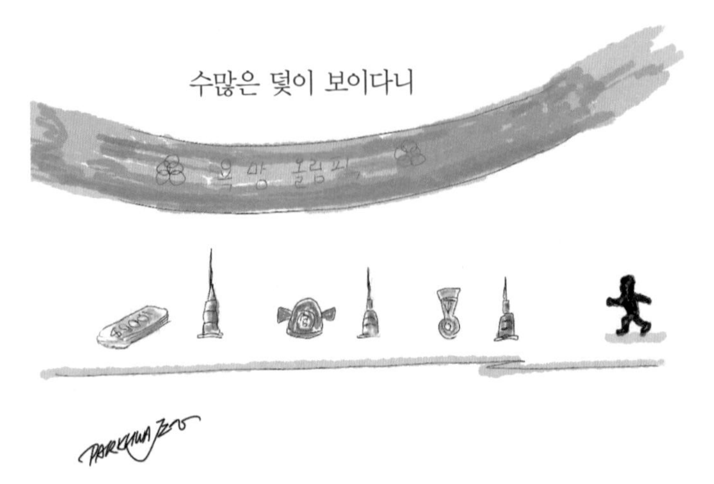

기억 지우기

쌓인 먼지라면 훅 바람 불어 날릴 수 있으려만

주홍글씨처럼 가슴에 박힌 기억 어떻게 지울까

망각의 뇌세포가 죽어가다 다시 분화되고 있으니

컴퓨터 기억장치처럼 포맷으로 하얗게 지워지고 싶다

고흐가 잠 못 이루던 밤

뜨거움과 달콤함
물빛으로 변할수록
희미해져가는 심장의 떨림

무심코 떨어지는
오동나무 한 닢 때문에
잠 못 이루던 그 밤

희미하게
쓰러진
불빛마저 머금고

검푸른 강보가
대지를 잠재우던 그 밤
고흐의 눈에 빛이 들어선다

별의 침묵

해가 지는 하루
꽃의 속삭임

흩날리는 바람
고독 속의 몸짓

사무치는 그리움
쏟아지는 흐느낌

너의 침묵이 있기에
밤으로의 여행이 참 좋다

그대로 그 느낌대로 살고 싶다

그대로 그 느낌대로 살고 싶은데
눈치없이 눈꺼풀이 계속해서 깜박거리다
보고싶은 느낌을 놓쳐버렸다

그대로 그 느낌대로 말하고 싶은데
낼름거리던 혓바닥으로 마른 침 입술에 바르다가
말하고 싶은 느낌이 미끌어져 버렸다

그대로 그 느낌대로 듣고 싶은데
염치없는 잡다한 소리들이 휘리릭 소용돌이 치더니
듣고 싶은 느낌을 감싸고 달아났다

그대로 그 느낌대로 사랑하고 싶은데
까탈스런 사랑의 조건이 여름날 변덕스런 빗줄기처럼
오락가락하더니
사랑하고 싶은 느낌마저 낚아채 가버렸다
그대로 그 느낌대로 살고 싶다

내 느낌과 네 느낌이 같으면
그 느낌 그대로 살 수 있을까?

돌탑

하루에 하루가 쌓여가는
욕망의 편린

가는 바람에 삐끄덕
무너져 내려도

삶이란 불완전한 돌탑
또 하루를 조심스레 얹어본다

침묵의 강

다 봤지

다 들었지

그래도

조용히 흘러 갈테야

바다까진 가야되거든

그래야

본 거, 들은 거

다 풀어 놓을 수 있잖아

시시하지 않은 삶

시가 시시해지면
삶이 시들해지고

삶이 시들해지면
사랑도 식어지리라

시시하지 않은 시
시들지 않는 삶
식지 않는 사랑

사람아 놓지 말아라
신이여 살펴 주소서

• 고조(孤鳥)

어디로 갈려고?

저 넓은 맑은 곳으로
날아가고 싶구나

꽃이 피고 있잖아
꽃천지가 될거야

조그만 더 기다려 보렴

함께 노래할 날들이
너 앞에 올테니까

인생 지갑

맑은 영혼 털리도록
고픈 너를 채우려고
수많은 나날 헤매었지만
밑 빠진 독처럼 빠져나가니
얇고 헤진 너만 남았구나

지폐 한 장 채울 때
꽃잎 한 장 같이 넣고
신용카드 한 장 끼울 때
낙엽 한 장 넣었으면
마음부자라도 됐을텐데

늦기 전에 인생 지갑
사랑으로 가득 채워
세상 빚이라도 갚아야겠다

하늘보다가

덩그러니 풀밭에 앉아

구름 한 줌 손에 쥐었다

돈 달라는 사람이 없네

주인없는 하늘에

얼른 가서 줄긋고

내 땅임네 해야겠다

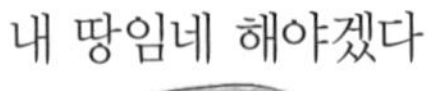

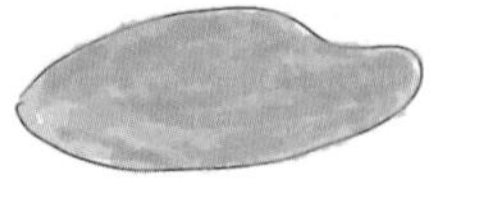

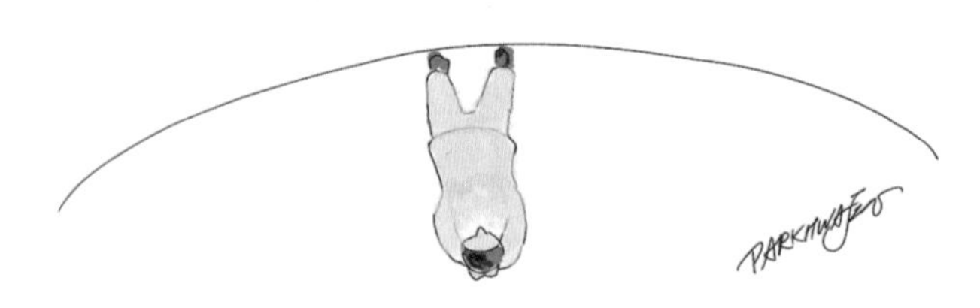

허기 I

봄날 꽃향기 곱게 다듬어
여름날 소낙비에 씻어
가을날 은행 잎 한 장으로 싸서
아랫목 이불 밑에 묻어 뒀다가

삶의 허기가 찾아올 때면
아직도 남아있는 눈물에 말아
마른 두 손 숟가락으로
한 술씩 떠서 먹어야겠다

바람이 머물면 강물은 어이하라고

마른 가슴 흔들고
무심한 듯 스쳐가는 너

혹여 잠시라도 머물까봐
네가 머물면 나는 어이하라고

사랑은 깊은 골을 찾고
상처는 얕은 자국만 남기를

바람이 머물면 강물은 어이하라고

강가에서서

당신은 어이하여 말이 없나요?
세상 모든 얘기 다 듣고 보니
침묵하는 것이 현자의 길이라는 걸
깨달았기 때문입니다

당신은 어이하여 머물지 않나요?
세상 모든 일은 변하고 또 변하니

한 자리 머무는 건 세상이치가 아니라는 걸
깨달았기 때문입니다

당신은 어이하여 소리없이 흐르는가요?
해와 달과 별을 품어 봐도
내 것이 아니고 내 뒤에 오는 사람을 위해
양보해야 된다는 걸
깨달았기 때문입니다

사람도 흐르는 강물처럼 산다면

행복하게 살 수 있지 않을까요

회심(回心)

희뿌연 안개 밀려오니
더 이상 앞이 보이지 않는 길

등 뒤에 걸어온 길 있으니
쉬이 돌아서 걸어가게 되었다

의기 차게 걸어가면 되는 것을
자꾸만 고개가 뒤로 돌아간다

마음 한 움큼 놓고 온 걸 알고
뒤늦게 급히 내달려갔건만

어느새 토라져 한발 치 앞서
새침데기처럼 걸어가고 있다

허기 II

달콤할 줄 알았던 세월
쓰디 쓴맛으로 흘러가고

온전히 채우려던 욕망
공허하게 커져 가지만

까만 밤 밝히는 저 달 품으니
허기 찬 삶도 견딜만하구나

춤추는 영혼

너는 말이 없었지

있을 곳이 아닌 것처럼

잠시 머물다 갈 듯이

엉거주춤 서 있었는데

어느덧 네 몸뚱인 줄 알고

시절 곡조에 맞춰 사지를 흔들더니

제법 머리조차 끄덕 끄덕일 즈음

쓰윽 들어오는 비수에

풀썩 주저앉아

다시 일어서질 못하는구나

다음 생에는 네 몸과 혼이

같이 춤춰보렴

이생에선 네 혼만 춤췄으니

소명

언젠가는 지는 것을 알고도
비바람 맞고 천둥에 놀라도
마른 껍질 뚫어 싹 틔우고
나를 기다리는 네가 있기에
아름답게 피어나리라

언젠가는 마감되는 생이지만
넘어지고 일어서길 반복하며
헤진 차림에 이름 석 자 뿐일지라도
내일이 오는 꿈이 있기에
쉬지 않고 나아가리라

인생

물 한 방울 없이 혼자 도는
물레방아가 어디 있나요

바람 한 점 없이 혼자 도는
바람개비가 어디 있나요

밤하늘 없이 혼자 반짝이는
별이 어디 있나요?

사람이 부대끼지 않고
홀로 살아갈 수 있나요

너의 눈물 마른자리 꽃이 필거야

스치는 바람 한 자락에

내리는 비 한 방울에

흘러가는 구름 한 조각에

따스한 햇살 한 줄기에

행복해 할 수 있다면

너의 눈물 마른자리

천상의 꽃이 필거야

퇴근길

퇴근 길 노선버스에

삶의 찌든 봇짐이 실렸다

내릴 땐 깜박 잊고 내리자

연결고리

자식, 원인없는 채권자

부모, 영원한 채무자

부부, 비판적 지지자

친구, 자존심의 경계선

직장, 빛을 향해가는 터널

삶, 언제나 내일바라기

여인의 길

오늘 밤 같이 있자!
(싫어!)

밥 안 먹을래!
(먹지 마!)

반찬이 이게 머야?
(니가 해봐!)

학교 가기 싫어!
(가지 마!)

회사 때려 칠래!
(때려 쳐!)

이제 그만 살자!
(좋지!)

힘겨루기다
밀리면 乙된다

세월아,
좀 천천히 가주렴

중년남자 I

여보, 이제부터
꼬오옥 손잡고 다닙시다

그건 당신 생각이고요
불륜처럼 보일 것 같아요
내 일상은 벌써
저 멀리 떨어져 있는데요

거기 갔다가 다시 여기 와서
같이하면 되지 않겠소
그 동안 혼자서
잘 하는 줄 알았습니다

진작 같이 좀
손잡고 다녔으면 좋았을 걸요

이제부터라도 잘해봅시다
쉽진 않겠지만...

사추기

지금부터 죽는 날까지 한 해씩
나이를 까먹을 수 있다면
딱 40해를 까먹으면 좋겠다

설익은 사과처럼 풋풋함으로
사랑스런 눈길 향해 뽐낼 수 있겠지

삐뚤 글씨와 어설픈 글을 들고
짝사랑 그녀 앞에 서성일 수 있겠지

바람에 구르는 낙엽 한 닢에
흘린 눈물이 부끄럽지 않겠지

망원경 하나 들고 망망대해로 나아갈
꿈도 꿀 수 있을 텐데

지금부터 죽는 날까지 해마다

나이를 까먹을 수 있다면

딱 40해를 까먹으면 좋겠다

백 가지 계획

후회없는 날이 손톱만큼도 없었던 날
살 날 보다 산 날이 더 많아
아쉬움이 더했던 날

하늘을 우러러 한 점 부끄럼 없길 바라는 다가올 날
그런 날을 위해

백 권의 책을 읽고
백 편의 글을 쓰고
백 수의 시를 짓고
백 점의 그림을 그리다가
백 곳의 낯선 땅을 여행하련다
그리고 마지막으로

못 다한 아름다운 말 백 가지 말을

사랑하는 이에게 꼭 해야겠다

밀린 말빚이라도 갚아야겠기에

중년의 눈물

반백 년을 흘리고도

낙엽 한 닢에 찔끔

남 몰래 흘리는

중년의 눈물

바닷물보다 더 짜다

인생 그림 그리기

나는 초보화가였다

대통령을 그리려 했는데
말단 공무원도 못 그렸다
장군을 그리려 했는데
육군병장을 그렸다
사장님을 그리려 했는데
부장도 그리기 버거웠다

든든한 남편을 그리려했는데
좁쌀같은 웬수덩이를 그렸다
좋은 아버지를 그리려 했는데
피곤에 찌든 꼰대를 그렸다

작품성 떨어진 것만 그렸다
다시 그릴 수 있다면
제대로 한번 그려보련만

당신은 초보화가가 아니다

말단공무원이 어때서
육군병장 아무나 하나
장수만세는 부장이다
매월 상납금 갔다 주는 웬수덩이 있나?
아들아 딸아 너희도 곧 꼰대 된단다

그만하면 잘 그렸다
벽에 걸어두고 볼만하다

추상화같이 난해한 인생그림
노련한 화가도 쉽지 않은 작업이다

나이 감별법

온통 꽃들로 가득 찬 세상

고개를 돌려 눈길을 주지 않고

코를 내밀어 향기를 맡지 않더니

입으로 아름답다고 말조차 하지 못한다

어느 새 꽃이 보이지 않는다

꽃을 보고도 그냥 지나치다니

내 마음의 나이 꽃은 알고 있다

낭만백수

난닝구에 반바지 걸쳐입고

슬리퍼에 엄지발가락 끼워

살 부러진 비닐우산 펼쳐 들고

동네 책방으로 첨벙첨벙 걸어가

세상 다 꿰찬 시집 한 권 빌려서

카페 한 구석에 쪼그리고 앉아

나가라 할 때까지 읽고 또 읽자

퇴장

황혼이 짙어가고 있네

서산에 까만 점하나 보태고

슬슬 짐 챙겨 나가세

또 해가 뜨겠지

중년남자 Ⅱ

이젠 혼자 하는 법을

느리더라도 차곡차곡

알아가야 해

언제까지 챙겨 달라 할 수 없어

허심(虛心)

강물을 가벼이 건너려거든

배를 비우고

인생길을 평안히 가려거든

마음을 비워라

빈손으로 왔으니

빈손으로 가도 된다

채우지 못해 안절부절 말고

비우지 못해 자책 말라

채울 것은 술잔이요

비울 것은 마음이라

무심결에 빈 배 젓는 저기 저 사공처럼

달무리 벗 삼아 그냥 흘러가라

깨지마라! 제발

'부장님 이번 주말 저랑 운동하실래요?'
'아이구 이런 미녀분께서'

'여보 용돈 떨어졌지?'
'지난달 준 거 남아있긴 한데'

'애비야 차 바꿔줄게, 댕겨가거라'
'아이쿠 감사합니다. 아부지'

'네 명의로 서울에 아파트 하나 장만해 둔 게 있다'
'와! 우리 엄마 역쉬'

'아부지. 이번에 또 장학금 받았네요'
'자랑스런 내 아들'

"여보!, 오늘 출근 안 해요?"

중년부부 사랑 방정식

언제나 조금 떨어진 곁에서

같은 방향을 바라보고

미소를 잃지 말라

뒷모습

그 사람의 생을 읽고 싶거든
그 사람의 뒷모습을 살펴보라
표정은 바꿀 수 있어도
뒷모습은 쉬이 바꿀 수 없다

부모를 이해하고 싶거든
그들의 뒷모습을 살펴보라
처진 어깨와 굽은 등에서
살아온 삶의 모습이 보일 것이다

연인의 사랑을 알고 싶거든
돌아서가는 그의 뒷모습을 살펴보라
그가 내딛는 발걸음에서
사랑의 깊이가 보일 것이다

스스로 볼 수 없는 뒷모습
참모습은 뒷모습에 숨어있다

자존 중년

남의 노래를 따라 부르고

남의 연주에 열광했으니

남이 들어주든 말든

이젠 내 노래도 한 곡 만들어

맘껏 부르고 연주해보자

화음

가까이 있어도
마음이 멀어지면
불협화음이 나고

떨어져 있어도
사랑이 있으면
천상의 소리가 난다

십일월 예찬

낀 세월 십일월아

가을을 갈무리해주고도
주인 행세하는 시월 탓에
변변히 나서지 못하는구나

한 해의 끝자락 십이월을
맞이하기 위해 겨울채비 앞장서는
네가 대견스럽기만 하구나

징검다리에 낀 돌 하나 없으면
개울 넘어가기 힘들고
낀 세월이 없이 세월도 흘러갈 수 없단다

네게 주어진 서른 날 꼭 지키려
삭풍에 남은 잎새 움켜쥔 널 위해
박수 한다발 보낸다

달과 별에 취해 살리라

햇빛보다는 달빛이 좋으면
삶의 깊이를 알게 된 때이고

달빛보다 별빛이 좋으면
사랑의 노래를 부르고 싶을 때이다

달빛에 젖어 별빛에 물들어
그대 생을 보석처럼 반짝이게 하라

눈 내리는 날

눈 내리는 날에는
시린 그리움이 포근해진다

눈 내리는 날에는
까만 추억이 하얗게 날아간다

눈 내리는 날에는
얕은 너그러움이 넉넉해진다

눈 내리는 날
내 가슴에 내린 하얀 상념
언제까지나 녹지 않고 쌓였으면 좋겠다

눈사랑 이야기

눈 오던 지난 밤

그 여자는

외딴 그집 따닥거리는 벽난로 옆
뜨개질 하며 밤을 하얗게 보냈다

그 남자는

산속을 이리저리 헤맸다

눈이 잦아든 아침

창문이 열리고 볕이 스며든다
눈사랑이 녹아내리고 있다

넷째 마디

그래도 세상은 돌아가더라

신념실종

꽃은 흔들리며 피어도 꽃
흔들리는 꽃무리는 더 아름다운데

흔들리는 사람이 넘쳐나는구나
세상이 더 어지러워지는구나

두 바퀴

두 바퀴들이 달리고 있다

수 천만원짜리
수 만원짜리

멋진 휘장 장식물
덕지덕지 광고물

휘날리는 여인의 긴 머리
위태롭게 매달린 짐짝 틀

부품이 품절일까 고장걱정
일당 날리까 사고걱정

떼지어 뻥뚫린 교외로 폭주
나 홀로 좁디좁은 골목으로 질주

장난질 싫증나서 처박아 두는 날
밥줄 끊겨 오갈데없어 버려진 날

배다른 곳에서 태어난 사람의 장난감
배달하는 사람의 살아내기 기계
있어 보이고 싶은 '라이더'
살기 힘들어 보이는 '퀵'

딴 세상에서 온 두 바퀴들이
지구 구석구석에서 달리고 있다

광기

돌고 있는 것을 모르는 것은

지구처럼 너무 큰 것이 돌아서
돌고 있는 줄 모르거나

회전물체보다 더 빨리 돌아서
돌고 있는 줄 모르거나

정상인 줄 착각에 빠져있다
광기가 쌓여가고 있는데

명품가방

돈, 권력, 명예를 넣고 다니면
무겁기도 하고 들쑥날쑥해서
오래 들고 다니지 못해요

총총한 별빛, 은은한 달무리
향긋한 사랑의 노래를 넣고 다니면
오래 들고 다닐 수 있지요

오래도록 들고 다녀도
무겁거나 변하지 않아야
진짜 명품가방입니다

노인

한 평생 짊어진 무거운 짐
때가 되었다고 내려놓고 보니
등허리가 활처럼 휘었네
이제는 툴툴 털고 일어설 것 같았는데
굽어진 등허리 걷기까지 힘드네

삼시 세끼 밥 먹으면 되었을 일을
백발이 다 되도록 얇은 등짝으로
왜 그리 무거운 걸 짊어져야 했는지

변변한 걸 내세울 게 없어서
땅만 보고 지내온 세월 탓인가?
짧은 목조차 세우지 못하겠네

요런 걸 잘도 아는 나리님들이
집게와 비닐봉투 하나씩 주고
손주들 용돈벌이 하라고 하네

폐휴지, 쓰레기 집게질에는

휘어진 몸뚱아리 제격이라니

드러눕기 전까지 제대로 해야겠네

종의 종말

새벽을 맞이하게 할 수 있다면
어둠을 피해가게 할 수 있다면

내 한 몸 갈라져 터질 때까지
맞고 또 맞을 수 있으련만

귀는 귀대로 눈은 눈대로
산송장 꽁꽁 묶어 놓고서

종 같잖은 요령소리 요란한
요지경 희한한 세상

새벽은 더디게 오고 있는데
어둠을 새벽이라 하고 있으니

용광로에 몸 던져 요강으로 태어나

조석으로 인분이라도 받아야겠다

1회용 종이컵

꼭 필요한 때에 필요한 장소에서 한 손 잡혀서
딱 좋은 양이라고 침이 마르도록 얘기하더니

제게 필요한 만큼만 보듬다가
언제 봤냐는 듯 내동댕이쳐버리네

한 번 잡은 인연으로 끝내는 건 참겠는데
온 몸댕이를 찌그려 던져버리네

인간사 길고 질진 인연 같지만
때로는 1회용 종이컵만도 못하더이다

RECYCLE

날지 않는 새

헤아릴 수 없는 날갯짓으로
맑은 바람에 몸을 싣고
푸른 하늘을 벗 삼아
천릿길을 날아다녔는데

날아오는 돌멩이에
한쪽 날개가 부러지니
비상의 꿈이 사라졌다며
호들갑을 떨었었지

세상 울먹임도 잠시뿐
불쑥 던져주는 모이 한줌에
얼씨구나 좋다하며
영혼마저 팽개쳐버리는 구나

날아야만 사는 너인데
너도 알지 못할 사이에
뭄뚱이는 불어나고 있으니
영영 날지 못할 수 도 있겠구나

아닌 척 약삭빠른 이리떼들이
어느 날 느닷없이 덮쳐올 때면
뒤뚱거림으로 몸부림 쳐봐도
남는 건 후회뿐 더 있을까?

더 멀리 더 높이 날아가려면
양 날개 힘차게 펼쳐야 하거늘
찔끔 던져주는 모이 한줌에
희희낙낙 네 모습 가관이구나

헌신

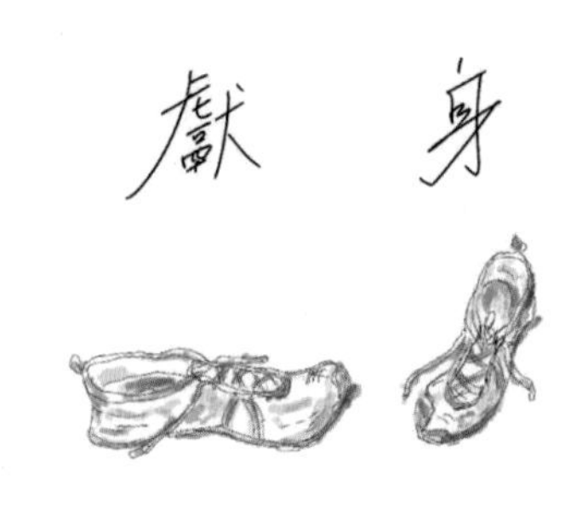

작은 낯가림으로 너를 만나
빗길로 눈길로 하늘 길로 바닷길로
네가 가는 곳이면 지구 끝까지

억센 짓누름 질식할 것 같아도
묵은 체취 내 것인 줄 알았는데
닳고 헤지니 버림받는 신세 되었네

무심한 세월에도 일편단심이기에
남은 몸뚱아리도 불쏘시개 되리라

아침 달

이제 들어가 주무시게
밤새 이야기 들어주다
지쳤을 텐데

아직도 못다 들어 준
이야기가 있다네
조금 더 있다가

붕어빵

검게 달아오른 형틀

두 손 쩍 벌려

멀건 죽 넙죽 받아 마시더니

밋밋했나?

팥소 반 숟가락 퐁당

아이쿠 뜨거워라

나 죽네 나 죽어

조금만 참자

빳빳하게 까칠하게

폼 잡을 수 있을거야

자! 어때 내 모습

아! 요놈봐라 제일 맛있겠네

아이쿠 속았구나
모락 김 피우며 동강난 내 몸뚱이

붕어빵에 진짜 붕어가 없어 다행이다

백신 맞는 날

오십여 년전 꼬질이의 불주사 공포가

오십 나이줄에 다시 찾아왔다

살려고 목숨걸고 맞는 코로나 백신주사

신의 끊임없는 생존력 시험

발버둥치는 인간

살을 찌르며 돌아가는 시곗바늘

밀려오는 공포감

살아내서 다시 보자

다섯째 마디

지금도 하고 싶은 사랑, 사랑, 사랑

가슴앓이

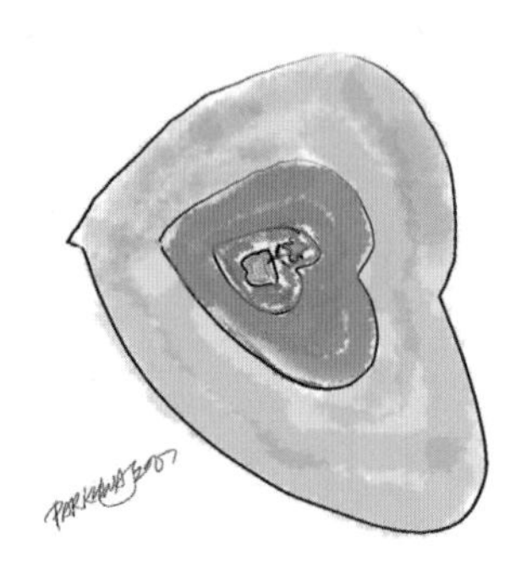

한 뼘 가슴 속 깊은 곳
작은 파도 일렁이더니

거센 바람 소용돌이 되어
갈라터진 영혼 깊숙한 곳에

소낙비가 내리친다
격정이 신음하고 있다

사랑의 이유

사랑의 이유가 있을까?

그냥 좋은 걸

사랑의 이유가 있다면

아! 너무 많아서

말로써는 다 할 수 없다는 거겠지

연심

어제와 다른 세상이

새살처럼 돋아나는 마음

두렵지만 설레는

낯선 만남

오래전에 만난 것처럼

미소

당신이 나를 보고

미소를 짓고 있다면

당신은 나의 겉모습을 보고 있는 것이 아니라

나의 사랑하는 마음을 보고 있는 것입니다

사랑의 눈

이제부터

아름다운 것만 보일 테니

아름다운 눈을 가지게 될거야

사랑의 비용

값을 따지면 할 수 없겠지

대가를 자꾸 비교할테니

길 찾기

나는 사랑의 길을 잃었어

그런데 사랑의 길은 결국

내 안에 있었어

사랑 우울증

사랑이 지나치면

우울할 때가 있어

하지만 진정한 사랑은

가장 바닥을 걷는 마음이 될 때였어

감상법 I

사랑은

내 마음의 풍경화를

고운 마음으로 감상하는 일 아닐까?

영원한 사랑

세상에

영원한 것은 없다지만

너와 뜨겁게

영원히

나누고 싶은 사랑도 없는 것일까?

솜사탕 사랑

사라져 버리면 어쩔까

입에 넣긴 그래

그런다고 들고만 있으면

뙤약볕에 녹아버릴 것 같은데

손에 꼭 쥐고 있을 수도 없고

그래! 그냥 가슴 속에 품고 있자

더 달콤하게 녹아내릴지 몰라

감상법 Ⅱ

너를 처음 본 순간이 그랬어

세기의 명화

시간이 얼마 남지 않았네

그래

지금 당장

사랑해야 해

영화

영화같은 사랑을 뜨겁게 하고 싶어?

그럼 네가 각본을 먼저 써보는 거야

연출도 하고 주연배우, 조연배우 전부 다
해보는 거지

충동구매

지독한 사랑은

이익과 합리를 따지지 않는

충동구매 같아

MART
출 구
입 구

사랑의 신

사랑의 신에겐

늘 감사와 환희와 미소가 있으니

따라만 해

화낼 일이 없을 거야

마지막 풍경

잠시 짧은 순간일지라도

운명같은 눈부신 사랑으로

마지막 풍경으로 널 떠올리고 싶어

사랑의 선물

달콤하고 향긋하게

한없는 미래의 여행을

선물해주지 않을까?

신포도

사랑을 잃을까

사랑하지 않을 거라는 말

지독한 사랑이

두렵다는 말인 것 같아

산책

그냥 아득해지네

잠시 앉아야겠어

네 향기에 취한 것 같아

시작

너의 하얀 미소에

이 세상을 새롭게 보는 창이 생겼지

그게 사랑의 시작이었던 거야

한 번의 사랑

사랑이 단 한 번뿐이라면

무심히 지나가게 해서는 안되겠지

어떤 사랑도 한 번이길 바라지만

고백

사랑한다는 말

용기를 내서 오늘 해야겠어

내일 지구의 종말이 오면 어떡해

창(窓) Ⅲ

너를 사랑하고부터

창가에 꽃을 두게 되었지

나를 찾아오면

꽃으로 너를 맞이하고 싶어서

사랑의 언어

너를 만났을 때

무슨 말을 할까

머뭇거리게 돼

별이 하나 떨어졌어

너를 만나기전까지

수많은 별들이

밤하늘에 반짝였거든

그 중 가장 밝은 별 하나가

어느 날 내게 뚝 떨어진 거야

설레임

너에게 줄 꽃이 보일까

뒤로 감춘 손이 자꾸 떨리기 시작했어

내 마음을 희미하게 보이기 싫었거든

기다림

미안해서 어떡해

난 벌써 네 마음속에 와서

널 기다리고 있었는데

내가 하고 싶은 말

내가 하고 싶은 말

네가 다 해버렸네

내가 할 수 있는 것도 마찬가지야

"너를 사랑해"

부족한 사랑

몇 억 광년 거리에서도

너를 간절히 원하게 돼

여전히 부족한 사랑일까?

황홀한 시간

너의 뒷모습을 사랑스럽게 바라볼 수 있는

황홀한 시간은

하루 24시간도 모자랄지 몰라

늪

헤어나지 못할 사랑

그런 게 있겠지?

사랑의 무게

차가 시동이 걸리지 않아

네 사랑의 하중이

너무 커서 그런 것 같은데

그림자

어느 날부터 내 그림자는

하트 모양으로 변했어

그림자가 마음으로 그려지나 봐

당신의 얼굴

매일 아침에 뜨는

밝은 햇살로

당신의 얼굴을

해맑게 볼 수 있기를 기도합니다

사랑의 플롯

그의 미소를 품었더니

내 삶의 기승전결이 되었어

허기 Ⅲ

채워줘

내 심장의 허기를

너의 사랑으로

현재 진행형

조금은 부족함

조금은 공허함

그래서 채워질 때가지

진행하고 있는 거야

사랑의 종소리

이제 멈췄어

네가 머물기로 했나봐

담쟁이

그냥 네가 지나칠까 봐

온 담장을 둘러쳤지

옆과 곁

나는 옆에 있는 것보다

곁에 있고 싶거든

증명사진

네가 나의 사진이 되어줬으면 해

체온

사무치는 그리움으로

고열에 시달렸던 밤

아침에 눈을 뜨니

체온이 좀 내렸네

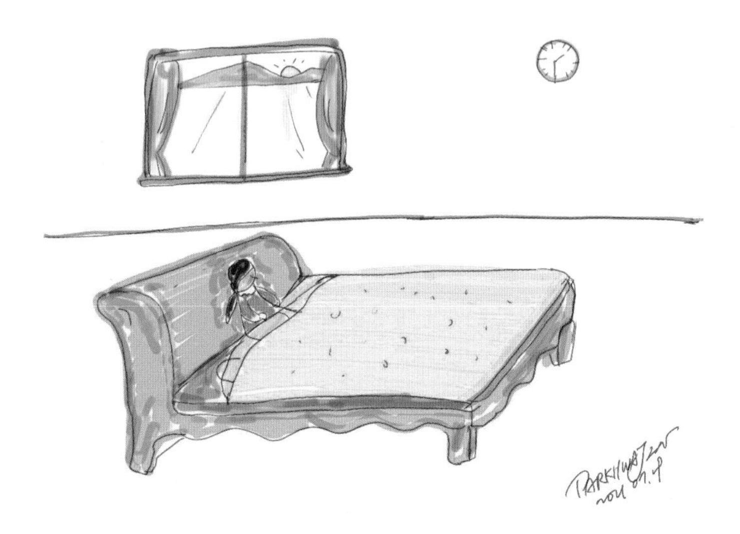

미완성

너무 슬퍼하지마

미완의 작품이

더 작품성이 높을 수도 있으니까

PARKHW

감상법 Ⅲ

안에 들여 놓으려는 무모함이

나를 힘들게 하나봐

풍경처럼 있는 그대로 두고 보면

더 익숙하고 아름답게 보일 텐데

유치한 사랑

삐뚤 글씨로 유치한 자작시를 들고서

너의 집 앞에서 기다리며

가슴 두근거리는 10대로 돌아가고 싶은데
우습지?

유치해도 그 순간은 진지한 걸

사랑의 미로

사랑의 길은 너무 복잡하고 길거든요

단순하고 짧은 길은 사랑의 맛을 느끼지
못할 수 있어요

미로에 빠져도 당황하지 마세요

샘물과 눈물

사랑의 샘은 어디 있을까?

마르지 않는 영원한 샘일거야

찾을 수만 있다면

눈물이 나겠지

환희의 눈물이

연극

그 무대의 주인공은 너와 나였으면

밝고 강한 조명에 너무 황홀할 것 같아

별

곧 너와 나의 별이

지구에 도착할 날도 멀지 않았어

세상은 더 밝고 아름다워질 거야

황혼에서 새벽까지

예쁜 노을을 품에 안고

너와 밤을 지새우며

찬란한 일출을 올려 보내고 싶네

고장난 시간

나는 고장 난 시계만 있는 곳으로

너를 데려가고 싶어

그곳에는 시간이 정지되어

너와 함께 언제까지나 있을 수 있을 것 같아서

여정

함께 떠나는 여행이 시작된 거야

아름다운 추억만 가지고 오자

노을

노을의 걸음이

더 느렸으면 해

그 속에 너의 모습이

자꾸 아른거리니

무지개

눈물일까?

걱정했던 빗방울 뭉치더니

무지개가 되어 하늘 저편에 떴다가

사라져버렸네

네가 다시 나타날 때까지

눈물을 더 흘려야 될까?

질투

아름다운 풍경 속에 있는 너

그 풍경에게

왜 질투가 날까?

너를 기다리는 나

시간 속에

바람 속에

너가 항상 있으니

시간은 늘 흐르고

바람은 때가 되면 불어오니

기다림의 고통 없이 너와 함께 있게 되네

확답

여기서 기다려 줄래?

내가 올 때까지

"응"

창(窓) Ⅳ

그 창 안쪽에

네가 있을 것 같아서

창밖을 지날 때면

창을 보고

말을 걸고 싶어지네

사랑보관법

가을을 오래 간직하고 싶다면
낙엽 한 장 주워
책갈피에 끼워두세요

사랑을 오래 간직하고 싶다면
사랑 노래 한 소절
종이비행기에 실어 보내주세요

먼 훗날에도 당신의 마음이
지구 한 모퉁이 누군가에게
미소와 행복으로 남게 될 것입니다

초판 1쇄 2021년 12월 20일

지은이 박화진
발행인 김재홍
교정/교열 김혜린
마케팅 이연실
디자인 박효은

발행처 도서출판지식공감
브랜드 문학공감
등록번호 제2019-000164호
주소 서울특별시 영등포구 경인로82길 3-4 센터플러스 1117호{문래동1가}
전화 02-3141-2700
팩스 02-322-3089
홈페이지 www.bookdaum.com
이메일 bookon@daum.net

가격 15,000원
ISBN 979-11-5622-662-8 03810